测试殖民地

这是我们抵达的下午。我们"测试殖民地"的同伴们回到了湖边的空地，得到了他们的双腿，并在 的甜美洁净的空气中喝酒。我和我们小组的负责人菲利普·本森一起漫步在沙滩上，嗅着拥挤在水边二十英尺内的森林的辛辣香气。

在十亿英里的头顶上，天狼星发出了人造的白光。在地平线上的某个地方，地球躺在那里，我们在24个月前就已经弃掉了沉闷的幽闭恐惧症，那是一团看不见的遥远的尘埃。

这次旅行给我们所有人造成了损失，甚至是头脑笨拙的菲尔·本森。我们俩都发现难以放松和享受充满活力的富氧空气和宜人的气候。作为官方记录员，我试图考虑一些适合捕捉壮丽之处的词语，这颗星球的纯粹可爱，至少在我们这里住了四年，也许永远。

本森和每个人都沉浸在自己的思想中，当他用手扶住我时，本森和我距离清理站约500码。"那是谁？"他要求。

在他所指的海滩上，平静的水面出现了两种裸露的身影。他们跳过了沙子，开始在森林边缘的柔软草丛中嬉戏地滚动。即使在这样的距离，他们显然是男性和女性。

我说:"我不能把它们弄出来。" 我唯一的想法是,其中一对年轻夫妇在我们面前然大悟,并享受了两年来首次获得的隐私权。

本森的眼睛更加锐利。"山姆,他们-他们看起来像-"

我们的声音一定已经传到他们身上,因为它们分散开来,站起来面对我们。

我说:"就像年轻人一样。"

本森提醒我:"我们没有孩子。" 他开始缓慢地向前走,好像在跟踪一只野生动物。

"等等,菲尔。" 我说。"地球上无人居住。他们不可能-"

他继续拖着脚步前进,而我也跟着。二十步之内,我就知道他是对的。无论他们是谁,他们都没有和我们一起来!

本森很快停下来,我撞到了他。"看,山姆!他们的手和脚!四位数,而且没有拇指!"

我现在可以弄清楚细节了。这两种形式不是很人性化。脚趾长而有力。手指也特别长,似乎有多余的关节,但正如本森所说,没有相反的拇指。

他们现在站得很远,雌性没有寻求对雄性的保护。他们的脸上充满了好奇心,当我们停止前进时,他们开始向前走,直到他们只有五码远。

他们的轮廓并没有变得更加清晰,反而变得越来越模糊。现在很明显,他们的身体被两丝或三英寸长的丝质头发覆盖着。它已经在温暖的阳光下干了,像金色的光环一样从他们的皮肤上站了出来。

它们很好地站立在五英尺高的高度以下,除了身体的头发和手指,在每个细节上似乎都是微型的成年人,有肚脐。

即使在惊喜中,我也被他们非凡的美丽所吸引。"他们是真正的哺乳动物!"我大叫。

本森说:"毫无疑问,"她看着那只柔软的小雌性的完整轮廓。她的粉红色肤色比男性的肤色浅一点。两只额头下的眼睛都间隔开。他们的优良特征吸引了无所畏惧,半好奇,半善良的深切兴趣。他们站着放松,好像在等待一个小巷开始。

本森说:"这真是令人难忘的音符!"

他们像知更鸟一样起头。我说:"为什么?它们对我来说似乎不是很邪恶。"

本森回答："人也不是。" "是他的大脑使他致死。看看那些头骨，耳朵的位置，眼睛和额头。如果我知道我的头骨形态，我认为人类终于达到了他的知识水平-也许甚至是他的上级。"

"是什么让您认为他们可能拥有卓越的头脑？" 作为一名心理学家，我感到本森正在迅速得出结论。

"大气。百分之四十的氧气。在其他行星上，这总是意味着动物体内的新陈代谢更高。在类人动物中，这强烈暗示着较高的智力和体力活动。"

好像在证明自己的观点，这两个小动物厌倦了一次面试，膝盖微微弯曲，以四十五度角高高跃入树枝。雌性用她的长手指抓住了第一条肢，然后向视线里晃了进去。雄性用长长的脚趾挂了片刻，以一种卑鄙的表情看着我们，然后他也消失了。

我很失望。本森说："不用担心，他们很快就会回来的。"

当我们回到清算局简·本森和我的妻子苏珊来见我们时。尽管在我们小组的40名女性中，两个黑发的女性魅力都很高，但与我刚离开的小人们的心理形象相比，他们以某种方式显得有些笨拙和不寻常。在船上漫长的刺痛中，他们的脸色苍白，骨和额头上的日晒斑使他们显得有些虚伪。

起诉说："我们已经对水果进行了分类和鉴定。""手册是正确的。它们很美味！我们席卷了一场盛宴。请等到您-"她抓住了我们的表情。"怎么了？"

本森耸了耸肩。"你们的女孩继续前进，把人群聚集在一起。我要宣布一个重要的消息。"简扬了一下，犹豫了一下，但本森坚持了下来。"请走吧。我想收集我的想法。"

我们慢慢追着他们。我不喜欢本森对我们发现一种智能生命形式的喜怒无常的反应。对我来说，这很令人兴奋。四年之后，我将不得不带着第一艘联络船与我们取得联系，这真是多么美妙的消息！这将是完全出乎意料的，因为原始勘探方未能做出发现。这本身就是一个有趣的谜。二十二位科学家，对行星的动植物进行了细致的检查，怎么会忽略所有最神话般的创造物-实际上是人类形象的动物？我唯一能做的就是他们必须属于一个游牧部落，规模要小到可以逃脱发现。

当狭窄的海滩开始向草木般的平原扩展时，本森打破了沉默，我们的船像半球形的大教堂一样蹲下了。"这带来了很多问题，"他摇摇头说。

我说："菲尔，我认为您对工作太重视了。您只是无法规划组织整个社区的所有细节，包括按比例分配牙粉。"

本森说："规划永远不会伤害任何项目。"

"我不同意。"我告诉他。"您花了太多时间来制定计划。现在，第一次不可预知的事件使您陷入混乱。放松，朋友。一次解决您的问题。我们甚至都不知道我们会看到什么再来一次。也许他们很害羞。"

他几乎听不到我的声音。他是一个46岁的大人物，肌肉发达，是前大学校长和干练的行政人员。他和妻子简是我们党中唯一年龄超过35岁的两个人。他的社会学家和人类学家的背景以及成熟的成长是稳定新殖民地的重要因素，但在我看来，他的观点变得过于保守。

一群工匠带着忙碌的小电锯，从最近的树木上锯出了一块倾斜的船舷的粗糙木板。我们走过并越过聚集在坡道底部草丛中的人们，本森在船的入口处高出我们20英尺。

每个人都兴高采烈，整个集会上欢呼雀跃。但是，本森无视它，对他的"羊群"表现出了完全认真的目光。

"请给我您最密切的关注。"他开始等待，直到每个人都安静下来。"除非另行通知，否则我们必须在白天在黄色警报下进行，晚上在红色警报下进行。所有离开船上的工作组将在每小时的每小时与抄写员进行核对。我们将继续在船上睡觉。一直到该船一百码以内的地方，人们将武装起来，请在今晚张贴的安全监视名单上告知自己的位置。"他在明亮的阳光下起眼睛。"目前，你们这些有侧臂的人将自己张贴在船上。如果看到比兔子大的东西，声音会很大。"

被指名的人慢慢站起来，自觉地指着猎枪。本森继续说："当我告诉你萨姆·罗杰斯和我刚刚在距离这里不到半英里的海滩上遇到两只非常明显的类人动物时，你可能会喜欢这些预防措施。"

正如本森在描述我们与当地人的会面时所说的那样，紧张取代了谦虚。我以为他给了它不必要的冷酷的强调，比如"比猫快"和"有点聪明"，但我保持了平静。

他总结道："我不想过分警惕任何人，但我们必须直面这样一个事实，我们完全没有为这样的意外事件做好准备。探险小组在忽视这些生物方面使我们严重失败。它们可能对我们的文化无害。，但在此之前，我们必须将其视为主要威胁。"

没有人大声抱怨，但他们的脸对恢复船上的四分之一的住宿感到非常失望。妇女们勉强地开始卷起仍然紧缩的空气垫，这些空气垫散布在柔软的深草上。起诉状抱怨道，"山姆，如果这些人很快无法获得一点隐私，我们将变成一个蚁群。大街上会有人喜欢。"

我说："这不是我的主意。""我整天都会被钉在坡道脚下的桌子上，打上复选标记。菲尔把这个东西太大了。小矮人真的很迷人。他忽略了提起它们的造型优美，而且他们的手感很温柔。他们的行动。"

"行动？"她说。"发生了什么事，真的吗？"

我描述了我们第一次见到当地人的条件，她有些紧张地笑了。"我可以想象菲尔·本森脸上的表情。"

我知道她的意思。为了加强舰船上的性别隔离规则，我们的领导人对谦虚的某些方面形成了过于敏感的态度。在无法言喻的太空无聊中，我们所有人为完成航行而做出的承诺对所有四十对夫妇来说都是严峻的考验。

如果对礼节和空间的考虑是臭名昭著的"无浪漫"规定的唯一原因，那它永远也不会坚持。但是所有相关人员都意识到，在拥挤的生活条件，水和食物的定量配给以及恶臭的循环空气的影响下，空间分娩的问题。

现在第二蜜月已经开始。它回到了船上，和尚和尼姑的夜生活。

那天晚上，苏和我一起加入了这艘四艘船的军官，他们的妻子，菲利普·本森和简，在我们注定成为"堡垒"的那艘船上的航行冲天炉中。小控制室是船上唯一的半私人房间，甚至本森也只是受邀而入。可以说，这次会议是一个军事委员会，军官被迫服役以组织和操作保安员。

守卫表提前一周修好了,我开口了。"我认为我们走错了路,菲尔。我们不能在晚上像动物一样呆呆地呆着,期望能像人类一样工作。"

本森辩称:"山姆,我们是一个经过精心平衡的团体。我们负担不起伤亡。看看我们的医疗队,两名医生和四名护士。假设我们遭到袭击并失去了生命?"

当我们降落时,汤普森船长的权限已失效,他支持本森。"在预防措施上,我认为没有什么困难。不便,是的,但是没有任何危险不能完全证明其合理性。"

他是一个35岁的自大,健壮,秃头的小猎犬。他非常年轻的妻子和其他三名官员的妻子似乎对继续独身生活的前景感到不安,这证实了我的怀疑。

我说:"船长,您真是太伤心了,但是请记住,我们其他人还没有桥梁的相对私密性。如果这种限制持续很长时间,我预计会违反纪律,并且可能会出现一些严重的行为问题。"

在我作为正式抄写员的第二份工作带来的文书工作的暴风雪中,我作为殖民地心理学家的地位变得有些模糊。本森现在似乎想起了我的精神健康问题。他说:"我以为你到来时就鼓舞士气。"

"我做到了,但紧张局势仍然存在,把它们拉得太紧是愚蠢的。我们有一个精心挑选,高度适应的人。让我们保持这种状态。我们越快地找到一个更正常的生存环境,我们面临的风险就越小情绪骚动。"

本森肯定地说:"他们会接受的。"斯图珀在傲慢的协议中点了点头。

我的20小时手表是为适应 较短的旋转而设计的,在正午前一小时的九点钟,妇女们开始脱衣服。

他们整个早晨都充满了阴谋的气氛,他们在船上徘徊时形成了一种偶然的研究,形成了小型的对话漩涡,在其他地方分散和改造。我刚刚检查完11人水果收集的详细信息。我及时从名单上抬起头来,看到了"大混乱"的最初动作。拉开拉链的拉链,打开的按扣,休闲裤,裙子,上衣和套头衫掉在草地上,令人眼花乱的太空漂白女性表皮奇观出现。

女士们对此非常镇定,但是一阵合唱的声音响起,并激起了男性工作团体的欢呼声。

在我无法理解之前,本森开始在坡道上冲下来,接着是他的水果堆放细节。他停在坡道的脚下,张开嘴,烦恼地捏着眼睛。

他发现简和起诉。"这是怎么回事？" 他大声要求。

我们的两个妻子向我们招手，走了过去，做着出色的举止，毫不关心。简说："只是晒日光浴，" 他从苍白的肩膀上射出一只小昆虫。

苏珊拒绝见我。她看着两只鸟飞过头顶。她说："太好了。" "如果您不仔细研究的话，您将永远不会知道我们不是在威斯康星州的夏令营中，除了水果。它们让我想起了大溪地。这太奇妙了！蚊子甚至都不会咬。"

我说："他们会的，只要他们尝到了人血的味道，对婴儿来说，您肯定会让他们变得容易。"

聚集的男性殖民者分散了本森的谈话注意力，这些男性殖民者像一群男生一样大喊大叫。他备份了坡道，并下令说："让我们继续工作。您之前已经看到过妻子。"

士兵们安静了一会，但有人喊道："是的，但最近没有！"

另一位补充说，"并非全部在一起。"

尽管裸体晒日光浴是很平常的事，但由于默契的同意，地球上二十世纪的习俗在船上一直都穿着。这些女人在这种事情上与本森在一起已经两年了，所以这显然是对黄色警戒精神的女性抗议。

年轻的医生索伦森和贝利小跑起来，笑容可，但摇了摇手指。在没有咨询本森的情况下，贝利登上了斜坡，大声喊道："金发和红发，暴露十分钟。黑发，十五岁。"

这些人发出了很大的嘘声，但是贝利伸出了双手以保持沉默。"医务人员将不努力提高这些最大暴露量，但应注意，这里的辐射与6月的迈阿密海滩大致相同，因此不要让空调欺骗了您。"

本森在这个问题上没有做出进一步的决定，因为那时一个哨兵记得记得快速浏览一下他本应该守卫的森林。由于无法在集线器枢纽上听到他的声音，警卫向空中发射了手枪。

我们所有人都跳起来凝视着，本森喃喃地说："亲爱的上帝！"

我们的人民散布在坡道周围一英亩的土地上，包围着他们，至少是一百个"野蛮人"的半圆，枪声中像青铜雕像一样被冻住了。他们在离船不到一百码的弧度内弯曲。

他们的手里没有武器，他们一动不动的态度丝毫没有威胁。相反，除了人数之外，它们看上去很小而且很便宜。

我以心理学家的身份行事，在斜坡上冲了上去，喊出声来，让他冷静地喊道："每个人都放松一下！不要采取任何快速行动。首先，除非有人再次发射武器，否则除非有明显的攻击。"

本森抓紧了我的手臂。"你生气了吗？我们必须把女人带进去。"

我说："这就是我的想法。" "但是，如果我们通过奔跑来招揽攻击，他们将不会全部成功。"

"他们没有武装。这些人可以使他们远离。"

"那你在担心什么？" 我要求。"放松一分钟，看看会发生什么。"

本森了一下，无奈地接受了我的逻辑。同时，这一系列的本地人又开始流动了。他们在一个闲逛的闲逛者面前闭上，以一种奇特的，缓慢的，弹跳的动作将长脚的球滚下来。

一阵柔和的叹息声传遍了我们的人民，而这些小当地人反过来动了动嘴，转过头来，似乎彼此之间在评论。

本森开始发出嘶哑的命令，要求妇女们开始登船。没有人注意。在这种情况下，我感觉不到很大的危险。实际上，我比那些金黄色的小动物更容易被吸引。

仍在斜坡上的贝利则持不同观点。他喊道："它们看上去并不危险,但请远离它们。上帝知道它们中可能存在哪种错误。"

这是一个发人深省的想法。如果它们具有传染性,那么它们最无关紧要的病菌可能会轻易抹去我们的菌落。

但是,我们如何在不造成流血冲突的情况下阻止这些土著人呢?他们走路时步履蹒跚,步履蹒跚。本森正在抓紧他的皮套襟翼,甚至当高度好奇的女人从后面扫过我们的微风,也开始向舷梯退缩。它轻轻地把草丛沙沙作响,然后搬到只有20码远的地方的当地人手中。

摇摆的线条再次停止了。各个部分开始撤退,首先是成对撤退,然后成对成群地撤退。除了少数最好奇的人外,其他所有人突然跳入森林,消失了。

其他人再次挺身而出,但越来越困惑。他们反复地抬起鼻子,嗅着空气。

贝利从我们身后说:"它们抓住了我们的气味,不知道该怎么做。谢天谢地,它们大多数都起飞了。我们可以轻松应对其中的十几种。"

我们的人民张开了队伍,让小动物们渗透。起诉挤压了我的手臂。"为什么,它们是美丽的小东西!它们使我的皮肤变白,使我感到自觉。它们看上去很聪明,那些眼睛-一点也不害怕-看上去,他们甚至在微笑!"

确实,有几种生物在我们党的男性成员中大笑。他们发现我们的衣服很有趣。

现在,我们可以听到他们用柔和的声音进行对话,这种声音是流动的,带有许多复合元音,与地球的芬兰语不同。他们敏捷而黑黑的眼睛似乎吸收了一切。他们似乎在好奇心和对我们气味的强烈厌恶之间挣扎。他们一个接一个地满足了前者,而又屈服于后者,他退缩并在欢乐的边界上竞相奔向森林,点缀着无法定义的快乐的欢呼声。

最后只剩下一个胸大的小男孩。本森在我旁边沉重地呼气。"这是我们在海滩上看到的小家伙,山姆。看,他来了。"

高高的额头上飘出棕褐色的毛茸茸的头发,从他骄傲的头骨的冠部到脖子垂下,逐渐淡入他典型的,深沉的金色绒毛中。当他走上坡道时,我看到他的脸很光滑,完全没有头发,好像刮胡子一样。

到目前为止,本森和我们其他人一样着迷。我在他面前下台面对我们的访客。我把手放在胸前说:"山姆罗杰斯!"

深色的眼睛从我的脚扫到我的头上,紧贴在我的脸上。他用四根长手指指着我,明显地重复着"食肉者"。

我的名字很容易发音,但是从一个外星生物的嘴里听到我的名字令人震惊。

然后他将同一只手放在自己的胸口上说:"乔!" 实际上,它的发音是他的嘴唇迅速变宽和变窄,听起来像是" ----哦"的快速版本,但是元音回声是如此之快,以至于在实际用途中它读为","对我来说。

我把手指向他,然后重复道:"乔!" 他对我粗暴的抽气控制感到含糊不清,但是明亮的笑容皱起了他那自大的小脸。他的手向后滑动。

"爱吃东西的人,乔。"

我不由自主地点了点头。他点点头,再次微笑。在我想起之后,"我想是利文斯通博士"之前,他皱起鼻子,起眼睛,旋转着,飞奔而去。

我们站了好一会儿,然后贝利说:"我们必须真的很臭。有心的小家伙尽可能地接过它。"

本森回头看着贝利和我。"那么你觉得呢?"

我看着贝利，他看着博士。索伦森。索伦森说："主，我不知道。除了可能被微生物感染外，它们对我来说似乎是完全无害的。"

我说："由于他们不喜欢我们的气味，因此似乎没有太大的接触危险。菲尔，我们为什么不取消黄色警报，只有一两个关于封闭空间内装饰的规则？"

本森看着他的人民。丈夫和妻子现在都结成了夫妻。对一个男人来说，他们的手臂被保护地包裹在各自的配偶周围，看着这个决定。他们的脸写着："这无辜的小种族是所有麻烦的原因吗？"

本森用指关节擦了擦寺庙的灰色。他登上了坡道，并宣布："紧急情况减少为蓝色警报。妇女将拥有清理和可见海滩的自由，但只有经过授权的工作组才能进入森林。男人将继续戴着侧臂。完成后，我们将在船上睡觉，但在那之前，或者直到我们对当地人有了更好的了解之前，我们将继续在船上睡觉。"

如今的新订单并不能减轻怨恨和紧张，但确实加快了木材厂的组装和房屋建设。小先生们似乎满足了他们的好奇心，因为他们让我们整整工作了一个星期。

我们预计的村庄的第一栋建筑在第七天完工。简直就是两室简陋的棚户区，但它代表了当下最受欢迎的私密性！

我们为此付出了很多，并以罕见的正义赢得了最勤奋的业余木匠之一的称号。妇女们带上草来搭沙发，并用野花装饰它。傍晚时分，这似乎像是一个庆祝的场合，本森在宵禁中放松了。

我们从木材厂收集废料，仔细清理海滩上所有易燃物质的沙带，并建造了巨大的篝火。在浓郁的气氛中，即使是绿色的木头也燃烧起来，散发出绿色的树液，散发出刺鼻的芳香烟气。

起诉只是缩在我的手臂上，当我们再次注意到来访者时，我们正在研究一个怀旧的案子。他们走到了火光的广阔边缘。他们用激动，狂喜的声音刺耳，但在我们的人类集会中停了下来。我只有一个认出他是乔，走过了我们的路，差一点就检查了烈火。

着迷，提起诉讼，我看着他的轮廓扭曲，表达了极大的钦佩。这不是野蛮人的敬畏，而是人类对稀有和美丽眼镜的衷心欣赏。

起诉说："他们一定不知道有火。"

我说："至少非常罕见。" "手册说没有火山，也没有雷暴。"

乔转过头,听到我们低沉的声音。他的眼睛被他寻找我的眩光所蒙住了一半。"食者!"他清楚地打了个电话。"食者!"

我站起来回答:"乔!就在这里,乔。"

他向我走去,宽阔地微笑着,每隔一两步就回头看向篝火。他停了下来,指着我说,",",指着自己,说,"乔!"然后指着火等待。

这是一个明确指出的问题。我恭敬地回答,"开火!"

他重复着"火",他的眼睛像火花一样闪闪发光。然后他做了个手势,拿起一些火拿走了,转向我提出问题。

索伦森,着胳膊肘说:"我该死的。他要你给他一些火。"

"不,"本森说。"他知道火,知道你不能扑灭火焰。他正在寻找制造火的手段。"

我面对着乔,庄严地摇了摇头,说:"不!"为了让这个词有意义,我坐下,转过头了片刻。当我回头看时,乔看上去很失望。起诉令她非常伤心,以致于她向他伸出了一块甜瓜。乔轻松而优雅地接受了礼物,并带着淡淡的"谢谢"的微笑。他转过身,尽可能舒适地蹲在大火旁,然后不屑地咀嚼瓜子。

此后，他无视我们之间发生的生动对话。简想知道为什么我们不给他打火机之一。她坚持说："他和我们一样聪明。" 她对此分数没有争议，但她的丈夫指出，黄金人不习惯火，在目前的干旱季节，即使在这种富氧的空气中点燃，连绿叶也可能像大火一样起飞。

就在他说话的时候，一根细长的杆子，一端燃烧着，从篝火中倾泻而下，滚到乔附近。几乎没有停顿辩论的时间，他跳了起来，在凉爽的一端抓住了电线杆，像火炬一样高高地挥舞着。

带着胜利的叫喊声，他跳入了我们的视野，并带着他的奖品高高地飘过火花。

我试图低射，但我的轻口径小球在大腿上把他抓得很高。他在火花中毫无感觉地跳到地上。他的同伴立即聚集在他周围。当我们关门取回火势并消灭火花时，其他当地人渐渐消失了，皱着鼻子。他们不愿撤除乔，但对他偷来的火光表示敬佩。

起诉来冲我。"你不必射击他。" 她开始跪在他旁边，但是博士。贝利束缚了她。

"很容易，苏珊。记住隔离。"

我说："我们不能让他躺在那里流血，直到死亡。"尽管几乎没有其他选择，但我为自己的行为感到无耻的羞愧。

本森走了出来，"很好，山姆。"

我说："菲尔，我想在这里获得与乔一起进入隔离所的许可。让我拿起工具，我会发掘子弹并照顾他。"

本森摇了摇头。"我们不能抓住这个机会。如果你发现了什么，我们将无法饶恕你。"

"你谁能保留得更好？"我要求。"看到这里，我们迟早要弄清楚这些小家伙是否携带有传染性的东西。如果他们这样做了，那么，我们有一个面对的决定，但是我们只有知道才能够做出任何决定。"

起诉现在在我身边。她说。"你有一打能打微写器的人。山姆和我并不是必不可少的。此外，是他使那个可怜的小家伙残废了。"

她没有等待答案就喊道："拉森，你在哪里？"这位幸运的木匠试图躲在阴影下，完全了解自己的想法。

本森凝视着我一分钟。他粗鲁地说："很好，如果你能从房子里说出拉尔森，那就去扮演英雄！"

那时我感觉不很英勇。两个小时后，当我们从子弹中取出子弹并让他舒适地躺在床上过夜时，起诉状以我们双层睡觉的丝绸告诫我，并喃喃地说："一个家伙必须经过这里才能获得一点隐私！"

可怜的拉森！

和在我们机舱门外建立了实验室。乔的伤口受到了严重感染，我们谨慎使用的任何疗法都无法控制他第一天清醒时的狂热。他躺着，冷漠，双眼紧闭，喃喃地说，"塔拉！塔拉！"

医生抓住了这一机会，开始对虫微生物、疾病和泥土病进行研究。苏和我从乔的伤口中吸取了文化，医务人员尝试了与青霉素系列类似的局部霉菌产品的效果。通过强行喂食，我们设法使乔活着，直到一天早上的贝利举起了充满透明液体的小罐，并告诉我们如何管理它。

乔立刻回应。第二天，他开始坐起来，大声要求"塔拉，塔拉！"

起诉推论："必须是他的妻子或女友。" 她错了。乔开始提出一个人举船喝酒的动作。当我们给他喝水时，他拒绝了，重复着"塔拉！" 并进行更多的饮酒动作。他试图站起来，但大腿肿胀的疼痛使他停了下来。他沉沉地舔舔嘴唇，就像一个快要渴死的男人一样。尽管他的身体普遍有所改善，但他仍然保持呆滞而柔和的态度。

随着伤口的闭合和肿胀的减轻，乔的体温达到了惊人的142华氏度，稳定在137华氏度，从而证实了本森的预言，即土著人的新陈代谢会更高。苏花了几个小时抚摸着发烧的额头，已经习惯了乔的热血病，她嘲笑我相对的"冷漠"。

在乔得到他的"口才"之前，我在教他我们的语言方面取得了令人失望的进步。对于一些与他的舒适有关的物品，例如食物，饮料，便盆和枕头，他听了我们的话-陶醉于我们柔软的枕头中。但是起初，他对沟通一点兴趣都没有。

然后一天早晨，我们起身发现他站起来，微弱地依在门框上，用疯狂的眼睛搜寻着空隙的边缘。

我们责骂他，但他无视我们。他发现一个乡亲正在检查一个未完工的小屋，这些小屋每天都在增加。他大声而清晰地喊了出来，那个金色的小生物跑过来调查。

那是一个可爱的小女孩，我告诉苏："我们有一个团圆。一定是他的伴侣。"

但是乔对她的魅力无动于衷。她似乎很高兴见到他，用长长而柔和的手指抚摸他的绷带，然后像他的命令一样急忙奔赴森林。乔不遗余力。他似乎仍然意识到自己处于良好状态，并从他所得到的照顾中获利。

然而，在她回来之前，他一直在摩擦十分钟左右。我们充满好奇地等待着。我敢打赌，我们将要学习什么是""。当女性再次走近时，我们被迷住了。苏说："为什么这只是芒果。" 的确，小本地人双手小心地生了黄皮肤的肾形水果，似乎是我们以其较小的地球对应物命名的超大标本之一。

乔贪婪地伸手去拿水果，用尖的食指在果皮上戳了一个洞，然后深深地喝了一口。从我们卧室的门边看，我们可以闻到一种令人愉悦的，浓烈的气味，这只是我们吃过的线芒果的一种典型特征。

令我们惊讶的是，乔喝了之后，皮肤像塑料袋一样塌陷了。苏说："它一定是不同的物种，否则它比我们收集的物种要成熟得多。"

乔停下来呼吸时，那位女性从他那摘下水果，热情地吮吸着它。他们在乔的床上沉下来，轮流喝果汁，直到夸脱大小的皮肤皱巴巴，空了。

我担心我打断了初恋，以取回被丢弃的皮肤。那位女性皱了皱鼻子，准备进门。我看着她摇摇晃晃的小摇摇晃晃，不稳地翻过空地。乔英俊的脸上淡淡的微笑加深了我的怀疑。我指着皮肤问："塔拉？"

他点点头,拍拍他的肚子,然后重复说:"啦!"

从那时起,我们的关系得到了极大的改善。乔争取到各种女性的帮助,使他保持塔拉皮肤的饱足,并且由于对他的渴望而感到满足,他对生活有了全新的兴趣。

我们每天花费数小时来解决语言困难。他学得如此之快,以至于我放弃学习他的语言而转向教他我们的语言。甚至时间和空间等抽象概念也没有障碍。在展示了它与天狼星在天上飞逝的关系之后的一天,他掌握了我手表的目的。

我使用铅笔成功地传达了很多符号。乔现在可以增加到任何数量,他似乎实际上了解我们枚举系统的开放性。

这样就可以在诸如一年中的"天数"之类的问题上达成共同协议,他有一点兴趣要学习在他星球上的第440天。当我问他的人民住了多久时,他得到了一个惊人的信息。

他回答说:"两年,也许三年。" 由于时间较短,锡兰犬年大约等于地球年,而我发现很难相信这些奇妙的小动物只活了两三年。他坚持直到我相信他。

当我试图确定常见的死亡方式时,他含糊其词。的确,个人死亡对他来说是一个朦胧或令人厌恶的概念,以至于他拒绝对此进行详细介绍。他传达的最多信息是,部落中总有新面孔，而旧面孔很少保留三年以上。在这个时候，他描述自己已经超过一岁了。

这只是我们谈话中揭示的几个令人震惊的项目之一。金色的人在三个月内成熟为成年人。一位女性一年可以生几个孩子，通常是这样。但乔坚持认为，据他所知，他的部落是地球上唯一的氏族，而这个部落的人数少于一千。

没有一夫一妻制甚至一夫多妻制。没错，在夜晚天气凉爽的夜晚，他们配对成对，雌雄配对，每个雄鼠都从几种最爱中进行选择。但没有正式或永久的交配安排。

为了听取人类学家的浓厚兴趣，本森曾在乔的窗户外面搭起一张有遮盖的书桌，提出了这个问题，这个问题变得十分神秘。在如此充实的条件和理想的环境下，乔的人民为什么没有超越地球？即使寿命很短，每个女性也应该生育许多婴儿。

乔没有答案。这个问题使他不感兴趣，他拒绝思考。他嫉妒地蹲在角落里，守护着他那脚的芒果，当我们的问题没有道理时，他偶尔会他。

顺便说一句，我们所有人都很想品尝乔的塔拉汁，但这是他的唯一财产。他的女友会把它递给除了他以外的任何人，他自私地守护着它。和曾请我们的两位有机化学家帮助检查了空皮的潮湿残留物，但由于实验室设施有限，他们所能做的只是猜测，梦以求的果汁是发酵或酶促作用的产物，不熟悉。

作为一名心理学家，我知道乔对塔拉的反应与人类对葡萄柚的酒精反应类似。当他提供充足的东西时，他很开朗，很开心。当他跑出去时，他变得沉默寡言和烦躁。当我们试图迫使他回答棘手的问题时，他经常使用这种酒，证实了我的怀疑，即他的聪明才智中有某些事情只是拒绝接受，而避免担心的最简单方法是再喝一杯塔拉。

本乔和我今天下午在乔小睡时讨论了这个问题。我们坐在小屋的树荫下，把芒果的果肉浸入我们的嘴里。他说："一切都表明，纯粹的堕落阻碍了超级智能竞赛。"

"你是说喝塔拉酒吗？" 我问。

他点了点头。"一方面，我们的工作组报告说他们从未停止喝这些东西。年纪较大的人会变得很灰泥。我自己也看到过。令人恶心。他们对……嗯，我不应该说常识。礼貌，因为显然我们所知道的道德根本就不存在。但是谢天谢地，他们不在乎人类的气味。"

我说："不要太依赖它。我向乔问了一下，他说我们不一定对他们闻起来很香。这对他们所知道的任何气味都太陌生了，他们会回避乔现在已经习惯了。他让起诉来抚摸他的后背和头部。她已经很爱他了。"

本森根本不喜欢这个消息。他沉思了片刻。"这意味着他们都会逐渐适应我们周围的环境。我不喜欢，菲尔。他们只是人类，足以对殖民地产生不良影响。他们放荡，完全没有野心。事实上，他们似乎根本没什么种族生存本能。"

我曾想过很多次，但并没有使我感到对殖民地特别危险。本森继续说道："我们这里有一颗光荣的星球，富含矿物质和其他自然资源。相比之下，地球是如此的破烂，枯竭和拥挤，以至于对比度太高了。"

"你在开什么车？"我要求。

"仅此而已。首先，这里最大的问题是促使所有人努力工作。我们要在这里建立文明，这意味着要清理更多的土地，破坏土壤，进行采矿，建筑和制造。"

"看起来，"我有些不耐烦地说道，"您肯定不会期望80个人在四年内完成所有这些工作吗？"

"我希望取得进展，"他坚定地说。"您是否意识到，当我们完成了实际上结束了建筑计划的40栋房屋中的最后一栋时，我们计划的供水，污水处理厂和小卖部这两个仓库的工作几乎停滞了。"

我反对："人们想要时间来整理自己的房屋并使他们舒适。"

他对我说："他们就是这么说的,但他们在愚弄自己的时间。"

"菲尔,我们才来这里一个月,而且-"

他打断道："如果我没有发出蓝色警报,我们甚至都不会建造住宅。现在他们有了宝贵的隐私,压力也减轻了。他们宁愿赶走进入森林以捕捞异国水果并偷看当地人,然后继续该项目。"

我没有意识到事情是如此严重。"他们不再服从命令吗?您的工作时间表如何?"

他说:"我已尽力推动了他们,而没有强求我的权威。""他们声称,他们应该花时间去适应并放松一下,然后屈服。"

我说:"我同意。""他们都是认真、勤奋的人,这对他们来说仍然是一次冒险。它将很快消失,他们将向往地球的舒适。雨季来临时,他们会屈服。"预料到的。

"我想知道。这是一个很好的例子。看看那边。的食物细节现在才刚装满就回来了。三个小时前他们离开了。"他向领班大喊。

，一位面带笑容的大生物学家，向我们走来走去。本森说："这次探险成功了吗？"

唐尼根轻描淡写了讽刺。"开个玩笑，寻找水果已经成为一种远征。当地人正在清理附近的水果。"

本森转向我说："还有另一件事。小魔鬼在我们周围定居，一切都是与他们共同的财产。他们不仅剥夺了果实，而且捡起了所有没有被钉住的东西并随处飘散。它。"

"很奇怪，"我说。"乔表示他们通常不重视财产。"

"哦，他们不收拾东西，"唐尼根解释说。"他们收拾行装，摆弄它们，然后我们发现它们散落在森林中。有时候我想扭动他们的小脖子！"

本森迅速抬头看着他。"你的声音听起来很有趣，保罗。你是上周会议上他们的主要捍卫者之一。"

唐尼根的脸发暗。"那是上周，在我发现几件事之前。事实上，我认为也是时候你也知道它们了。"他蹲在我们旁边，减轻了自己的负担。

就像往常一样，在殖民地成员及其领导人菲利普·本森之间架起了一道屏障。唐尼根有点羞愧地承认了沉默的幕后发生了什么。

似乎两周前，化学家之一布罗姆利设计了一些相当粗糙，老式的，硫和磷的摩擦火柴。他用火交易当地人的喜悦，他用火柴贿赂了他们，给了他他品尝过的塔拉芒果之一，然后迅速开始割，直到他喝醉为止。

他以一种慷慨的心情与该殖民地的其他男性成员进行了比赛，这些男性反过来进行了易货交易并加入了该党。

"这种东西真的很好吃，"唐尼根承认。"而且它甚至都不会给您带来麻烦。"

"继续吧。"本森冷冷地邀请。

几天后，与多尼根有关，每个人都在盯着塔拉。布罗姆利正在从他的实验室中稳定地供应火柴，现在它们已成为与当地人交易的通行货币。为了保持妻子的安静，男人们把超级成熟的芒果带回家并与他们分享。

它生长的珍贵果实来自普通的芒果树，但只有在树木茂密的树冠上才能达到理想的发酵状态，即使是敏捷，轻便的当地人也发现它们很危险并且很难到达。布罗姆利说，他知道自

塔拉 客流量增加以来发生的致命倒塌事件已造成数名当地人员伤亡。

本森问了我心中的问题。"是什么原因导致您这么晚才来找我？"他要求。"必须发生更严重的事情。"

"好吧，我不太介意喝塔拉酒，但是，好吧，斯托普船长和我本周一个下午回到他的小屋里，发现他漂亮的小妻子和一个当地人-一个男性。那是个大玩笑，他当时喝醉了一些，他的妻子也喝醉了。但我认为这根本不是玩笑。

本森站起来，脸色苍白。"还有什么？"

布罗姆利说："我检查了一下，发现很多人正在用当地人做宠物。小魔鬼已经习惯了我们的气味，他们会做任何事情看比赛烧伤。"

"但是隔离？"我说。

"我想他们认为这已经足够安全了。就我个人而言，我不是。但是他们认为，既然您和起诉方都摆脱了任何疾病，就没有理由遵守非兄弟规则，即使在封闭的空间也是如此。我认识的几对夫妇都举行派对每天晚上，他们在天黑后的小屋中，都会邀请一对供应塔拉的当地人，他们都坐在蜡烛旁，当地人在那里睡觉。"

他踢了乔早些时候扔掉门的一块空的塔拉皮。"事情失控了，我很愧，我还没来得及，本森。"

菲尔非常生气，无法说话。我说："谢谢，唐纳根。你做对了。"

他离开了我们，而本森正努力控制自己的怒气，我说："这真是一个奇迹，他们还没有烧毁这个地方。森林必须足够潮湿以维持火势，否则他们肯定会放火的。"

本森说："如果他们把整个该死的星球都烧毁了，那可能会更好！你以为我太夸张了！在那里，你有一个完美的设置，可以使流浪汉摆脱整个殖民地。免费食物，酒，美丽的土著女孩和温和的气候。"

我又说："还有个本地男孩。"突然想起我在自己的屋檐下藏着一只"宠物"。

本森握紧拳头。"从一开始，我就知道答案是什么。我只是没有胆量去面对它。"

我点了头。"我想我们必须赶走他们。"

"赶走他们，什么也没有！他们是游牧民族，他们迟早会回来的。殖民地中总会有人愿意暗中与他们打交道，而当地人很聪明，可以绕开我反对的任何纪律。他们。"

"除了种族灭绝,你还能做什么?"

"为什么要排除种族灭绝?山姆,面对现实!种族灭绝是唯一永久而令人满意的解决方案。"

这个想法对我来说是可憎的,但是他辩称:"如果我们不彻底消除它们,他们将永远困扰着我们。只要想象一下这个或任何未来的殖民地在经过一两年的无拘无束的融合和在那塔拉上乱扔垃圾,这是地球派我们到这里建立的文明吗?"

在宇宙中生活条件过于友好而纪律过于宽松的每个部分中,人们都知道人类会变得本土化,突然间,我感到本森的忧虑要比我本来应该是研究生的心理学家更为敏锐。了解人性。

我说:"您打算如何完成一次彻底的灭绝?如果我们开始追捕它们,它们只会掉入树林。此外,您将有一段时间魔鬼般地争取我们的人民同意如此混乱的项目。"

"这必须要做,仅此而已。我希望您对我们所学的知识完全保持沉默,直到我能思考它为止。布罗姆利应该有一些想法。他是生物学家。"

当本森说"生物学家"时,显而易见的解决方案突然出现。
"如果我们能够对它们进行消毒,无论如何,所有的男性,他们的寿命都这么短,"

"太慢了。此外，你将如何哄所有的雄性躺下-"他睁大了眼睛，"辐射！"

"是的。我们带他们参观了包括光检查台在内的飞船，并接通了电源。"

"也许可以这样做。但是那样太慢了。"

不管慢与慢，当晚我们在本森的新船区秘密会面的六个人之中，没有构想出更好的计划。唐尼根带来了他的同胞生物学家特伦斯·弗罗斯特，我联系了两位医生。关于采取步骤的必要性，我们迅速达成共识，并决定着手制定我的粗略计划。还投票决定不将我们的意图透露给其他人，然后会议破裂。

当我回到小屋时，简简盘腿坐在门外，正和苏珊一起探访。我以为她会对被排除在外的会议的机密性质感到好奇，但她想到了其他事情。她站起来说："我认为您的病人已经康复了，先生，您遇到了问题。"她一直走到深夜。

我看着苏的粉红色的脸，并在她告诉我之前半信半解。乔似乎突然间形成了多情的倾向。起诉书的习惯是像爱犬一样抚摸他的头，今天晚上，在没有任何警告的情况下，乔开始以一种随意而温柔的方式归还爱抚，以至于起诉律社没有注意到这一趋势。

但是，从更客观的角度来看，简通过观察酸酸的酸值吸引了乔的注意，观察到乔的态度相当平淡无奇，并告状告状。

在我的愤怒中，我幻想乔想利用我的缺席。他以为简不会带来任何障碍的错误，使他避免在我面前取得这样的进步的聪明才智被废除了。

目前，他躺在一块空芒果皮旁边的角落里，呼吸迅速，天真的睡着了。这次事件使我了解了唐纳根的故事，并使我对我在消灭乔的竞选活动中遭受的良心纠缠不安。

在苏的眼里，当我第二天早上告诉乔他足够好回到森林时，这在苏看来也是一个充分的借口。这是我们俩一个星期以来都知道的事实，但是乔以他柔和的方式感到很满足，可以继续与我交谈。直到现在，我一直欢迎他作为无穷无尽的信息来源。

他无怨无悔地接受了解雇，并答应明年春天返回并访问我们。

"下个春天？" 我说。

他说："我们很快就会离开。" "我们秋天去南方。"

"等等，"我说。我告诉他，为了表示友谊，我们决定带他所有种族的雄性乘船游览。他会把这个话带给他的人民吗？

他说会，但是他的脸变得很体贴。

那天下午，他们在坡道上排了一条短线，"巡回演出"开始了。这条线很短，因为他们拒绝等待任何东西，但是随着线的缩短，其他人从树林里来代替他们的位置。为了在我们的表演中产生良好的"压力"，从而确保所有男性的出勤率，本森装配了数个闪烁的灯光和旋转装置的机械显示器。

他们很高兴，当他们到达射线照相亭时，为了诱使他们静止不动，我们用美丽的朱红色锶火焰架设了一个煤气炬。此时唯一的问题是让他们在获得无痛剂量的灭菌辐射后继续前进。

每十个"金童"都被分流到一个装有正交管，即刻麻醉气体和博士的小室内。戴着氧气面罩的索伦森在跌倒时会抓住他，拿下他的标本，将其穿过一个槽交给博士。贝利，然后将毫无戒心的受害者带到新鲜的空气中，护士们接管了更多的奇迹，以分散他的注意力。

对收集的精液样本进行的这种连续抽查向我们保证，我们的辐射有效地破坏了精子。

我坐在坡道底部的老地方，扫除偶尔偷偷溜进来的女性，并检查我们是否有重复。

我们的方法本身就是简单。当每个当地人结束我们的旅行时，服务员在右肩骨的头发上雾化了一种淡淡但非常永久的防水染料渍。除非您一直在寻找它，否则几乎就不会注意到它，这是我的工作之一。

在两天内，我们"巡回"了481名男性。

一个星期后，夜晚开始下雨，我们不受欢迎的邻居也消失了。

本森特意推迟了他的小演讲，现在他召集了大家一起进行父亲般的演讲，我帮助他做了准备。他突然开始。

"由于大自然慷慨地为我们提供了塔拉，所以我无意宣布对它的消费采取任何愚蠢的禁令。不过，请您多加思考，我希望大家都能理解我们必须有所控制。我我们深知，你们中的许多人都安排了自己的私人渠道来获取这种酒，但是随着攀树朋友的离开，简单的来源就枯竭了。

"现在，为了防止你们中的某些人试图自己爬上树，我建议我们将塔拉酒作为普通配给品放置在小卖部中，如果有的话，公平分配给所有人。毫无疑问，清算机构将倒下足够多的芒果树，以使我们所有人都有一个公平的味道。"

本森出乎意料的宽容和非凡的提议受到了尴尬、宽慰和热情的混杂。他接着说："我们享受了将近两个月的畅快派对，而且我不会因为我引起注意的一些非法行为而向你告发。到目前为止，你们中的一些人与当地人之间的亲密关系双方都没有造成任何流行病，也没有造成任何混蛋的后代，但是，如果我接受您未来的典型举动，我会认为我们的殖民地已经注定要被毁灭，并注销这个星球，不适合地球文明进一步投资。

"相反，我觉得您会在冬季里恢复自己的看法，并致力于将我们带到这里的原则，如果我们要作为永久文化生存，就必须继续将我们联系在一起。"

本森的讲话取得了预期的效果。没有周围的小人们来分散我们的注意力，殖民者投入了他们的工作，事情就完成了。的确，下降的工作人员带来的原木数量不成比例，但实际上是芒果木，但配给配额计划恰恰在需要的地方增加了动力。清理工作的范围迅速发展，耕种和播种人员紧随其后，锯木厂为整个生产过程增添了勤奋的声音。

正如本森所希望的那样，当人民束手无策时，他们再次开始向往地球上带来的便利。化学家们终于为增塑剂寻找合适的原料，并开始为我们开阔的窗户制造筛子，为我们的供水和污水处理系统甚至是一些"琐碎的"奢侈品（例如杯子、碟子和水果碗）制造急需的管道。小卖部和其他公共建筑被粗略地铺上了木板，医院的诊所在前两个婴儿到来之前就完成了。

历史悠久的祝福事件是汤普森船长和他的年轻妻子的荣幸和责任。在第一个人类天狼星上生下第一个人类后代是我们许多人的期盼，但是在我们光明的一年中，和第二副官对我们其他人有了一些开创。

我们着陆后的5-1/2个月才到达婴儿勺。伴侣的孩子两个星期后才来。起诉她自己怀孕了。到了春天，很明显，地球上的妇科医生已经很好地选择了我们殖民地的成员，而且不会缺少年轻的血液。完全有三分之一的女性在期待，而起诉书的日期表明，如果不是因为船员的专心，她将赢得德比大赛。

整个殖民地状况良好。当处理最紧迫的工作时，这些人轮流浏览令人愉悦的狩猎细节，然后我们开始在森林小游戏中享用新鲜的肉。

在一次这样的旅行中，我带回了一只活着的小动物，它看起来像是三趾树懒和泰迪熊之间的十字架，除了他有一条长而纤细的鼻子，像食蚁兽一样。他似乎在一棵小树的中冬眠，当我把他摇下来时，他依着爱抚着我的脖子，以至于我决定他会成为起诉的好宠物。

小崽在回程时一直深情地在我的脖子上，他紧紧地抱住，很讨厌，但起诉令他很高兴。我们不得不在晚上临时搭建一个笼子，以免他伤着我们并使我们保持清醒。

起诉称他为"嘟嘟"，我们是整个营地的羡慕对象。当乔和他的百姓在三周后返回时，我们发现了有关嘟嘟的真相，其他人很高兴他们没有得到类似的宠物。

那是春末，芒果树迅速地用塔拉果重新装满了高大的树枝。现在，我们有一个带顶棚的中央厨房，妇女们可以在那里准备饭菜。我们在露天的长桌吃饭。

一天中午饭后不久，乔和他的家人回来了。当我们漫步到小屋进行每天十五分钟的午睡时，他追上了我。他在旅途中显得很疲倦，但很高兴见到我们。在向苏的亲切问候致以虚伪的欢迎之际，我感到良心不安。

在他的旧房间里，我们坐在我塑造的粗糙家具上，乔看着苏的卓有成效的轮廓。"很快就要生一个婴儿，是吗？我们中间有很多婴儿。"

"你有？"我说。

"许多人是在回程中出生的。他们通过吮吸来减慢雌性。持续八天对母亲造成了负担。"

起诉惊呼道:"八天?那会怎样?"

这个题目对乔没有太大的兴趣。"然后,他们找到了自己的食物-如果没有首先找到它们。"

"世界上什么是库迪?" 起诉后颤抖着问。

乔沉默了一分钟。他皱了皱眉头,看着我。"食肉动物者,你问了我很多关于我们如何死的问题。我很长一段时间都不了解这种死亡。现在我知道了。那是库迪人来的时候。他来到了幼小的年龄段。婴儿也是如此。小而不能把他拖下去。老喝了很多塔拉,然后来了。这是我第三年了,我对塔拉的渴望很棒。会来的。"

他的话清楚地描绘了迷信的死亡概念,甚至在人类提到"收割者"时也将其人格化。但起诉却有不同的看法。"库迪是什么样子?" 她坚持。

乔看上去很困惑。他举起一根长四段的手指,指着房间的一个角落,那里的嘟嘟声像毛皮领子一样卷曲。"他看起来像那样。有一个库迪。"

我的第一个冲动就是拒绝这种说法是荒谬的。嘟嘟像一只超大号小猫一样无害。此外,手册没有提及-

起诉在她的喉咙里发出一声小声。她的脸是无色的。"山姆！让他离开这里！"

"但是手册-"

"这本手册也没有提到乔的人，"她歇斯底里地说道。"离开这里嘟嘟声。"

仍然不敢相信我走过去，把那只模糊的小动物拖到我怀里。刹那间，他抱紧身子，将尖锐的鼻子撞在我开放的衣领下，开始我的脖子。我把他带到外面，出于好奇，我让他随我的脖子前进。起初，它像往常一样挠痒痒，但我没有让他的头发抖，而是让他用柔软而尖锐的嘴唇轻咬。

起诉喊道，"山姆，你在做什么？山姆，杀了他！"

他的嘴唇在我的肉上散开一个小圆圈，开始轻轻地吮吸。没有痛苦，只有我颈静脉的动在他的嘴下。现在，他长长的，柔软的，毛茸茸的手臂在我的脖子上变紧了。我抽了回头，他们狠狠地抓着。一阵恐慌刺伤了我，我能感觉到脖子上绷紧的肉被他更深的嘴唇深深吸引。

我默默地拖着他，不想吓到起诉。他不会放松。在广阔的中午白天，我的手臂上有一个塞里安吸血鬼，扬言要打断我的颈静脉，并在将近一百人的讲话距离之内杀死我。我试图调平声音。"乔，你能出来吗？"

他立刻来了，呆呆的表情凝视着，说道："你喝了很多塔拉吗？"

"帮帮我，该死！" 我说，按住我的声音。"我不能让他放松。他正在努力-" 长长而紧绷的手臂从我的呼吸中挤出来。反过来，我试图勒死他，但是在厚实的皮毛下面是一个骨头保护装置，应该有柔软的脖子。

乔说："杀死库迪人没有任何好处。" "总会有另一个。一旦他们紧紧抓住你，那就太迟了。"

提出不同的看法。她像地狱猫一样从门里进来。赶上她的花园头，她挥了一下拳，要是它错过了嘟嘟声，那就会砸碎我的头骨。但起诉没有错过。我跌倒在地，脚趾松了，死了，因为脊椎骨折了。

"酒类控制板"是本森最好的主意。它不仅使塔拉成为合法依据，而且还控制了我们与当地人的往来。化学家布罗姆利是原罪犯，被控制造木制火柴，而交换媒介则集中在小卖部的"采购员"手中。

本森批准与本地人进行塔拉贸易的原因是我们显然没有对雄性动物进行消毒。确实有大量的当地婴儿，一个很小的小娃娃，看起来像蜘蛛猴，一周多一点后就从母亲的胸中掉了下来。

轻快的塔拉贸易是我们计划的一部分，目的是使土著人民保持紧密联系，同时我们设计了各种方法和手段来发现失败的原因。所有检疫规则早已被废除，索伦森和贝利开始发明新手以诱使雄性再次进入毒气室。

经过数周的时间，我们再次遍及整个男性人群，测试了生育力，并在发现的任何地方对其进行了光检查。我们通过宣传了要在船上看到的新奇景，当观光客离开时，我们在另一个肩膀上用雾化点标记了每个奇观，表明他仍然不育或已经变得不育了。

这次，我们计算了496名男性，据乔说，这绝对是整个男性人口。我们种族灭绝失败的谜团迫使本森做出令人不愉快的决定。生物学家和医生坚持认为，我们必须进一步赢得当地人的信任，才能获得他们的合作。随着夏天的酷暑和汞的上升，我们放宽了工作时间表，并有计划地邀请了一些当地人参加社交活动。有野餐和海滩派对，我们的客人带来了自己的塔拉，而我们的塔拉也经过了精心配给。一群小家伙唱着唱歌，他们发现了自己甜美的声音，感到非常高兴。进取的乔，以其卓越的记忆力，很快成为非官方的歌曲领袖，整天我们都会听到当地人的练习。

苏的孩子来了，一个结实的小男孩，我们叫理查德·约瑟夫，苏坚持使用第二个名字，在不透露自己理由的情况下，我无法反对她。在两周之内，诊所的托儿所里满是婴儿，正是在这一点上，当地人的兴趣变得很动荡。

语言障碍正在迅速消除。我们的许多常客是女性，在乔的翻译帮助下，他们很快就可以提出问题。他们的最大好奇心取决于我们为婴儿提供的出色护理。

尽管我不允许提起诉讼，但我们的一些女性开始将女性本地人用作保姆。这导致我们注意到的第一个基本行为改变。雌性开始更加关注自己的后代。好像他们刚刚发现了抚摸婴儿并看着他们爬行，踢动和咯咯作响的乐趣。即使在第一周之后，他们仍会随身携带它们，为他们找到各种水果的选择，驱散昆虫，并以他们新发现的音乐创作能力唱歌使他们入睡。

本森注意到了这一点，并召开了秘密六人会议。他说："这次，我们的小程序效果更好，否则我们将继续努力。显然，这只山姆与山猫争吵的动物是主要的种群控制，现在，母亲们将孩子们带走，直到他们年纪大了。击退。"

唐尼根摇了摇头。"该死，如果我能找到我们滑倒的地方。霜冻，我刚刚用原生卵和人类精子完成了一系列测试。它们没有混合。当然，我们没想到它们会混合，但是到底是什么呢？答案？"

我不知道这个项目。我说:"您没有想到我们的男性殖民者-"

本森怒不可遏。"我们不知道该怎么办,山姆!去年秋天,我们对481名当地男性进行了消毒,婴儿的体重和以往一样大。"

我说:"好吧,这次我们有496个。那肯定可以做到。乔说,他会监视所有没有两色污渍的男性。"

本森起眼睛。"你知道,乔给了我很大的帮助,这让我感到震惊。你为什么要他提供这些信息呢?"

"他没问,"我说。

我们的12个月年度由37天组成,除了2月,我们缩短了6天以使其平息。

根据这个日历,"五月飞"是在七月份,距我们的一周年纪念日仅一个月。小翅昆虫是一种季节性的生命形式,又有一个项目逃脱了探索活动,我们对此没有做好准备。

他们从北方出来,袭击了我们,然后我们才得以在船上避难或我们的塑料棚屋。它们比飞行的蚂蚁小一点,甚至它们的长翅膀都是黑色的。他们的叮咬是无穷的,但是每个人都像用热针刺一样聪明。

在营救婴儿和将众人赶到门口的混乱之中，我注意到所有当地人都消失在森林中。每个人都遭受了一百或更多的叮咬，而我们很抱歉，景点浮肿。苏坚持要求我掩护自己，奔赴诊所看看是否有医生。对此有任何补救措施。理查德·约瑟夫在激怒中大声哭泣，所以我同意了。

距诊所只有75码，而我却没有收到更多刺痛。但是医生无能为力。他们在自己的皮肤测试贴上涂抹了各种药膏，收敛剂和糊剂，但似乎丝毫没有作用。

索伦森说："我们所希望的只是苍蝇不是微生物携带者。"

我开始出门返回，然后退后一步，凝视着屏幕。森林正在与当地人一起爆发。他们错开空隙进入空洞的中心，沉沉地沉入水中，似乎非常疲惫。他们不停地走来走去，直到我们建筑物之间的地面被他们俯卧的尸体完全铺满。

"可怜的魔鬼。" 当苍蝇继续掠过我们的村庄时，贝利喃喃地说。"但是，我们无能为力。我想知道为什么它们会公开露面吗？您会认为它们在树上有更好的保护。"

我没有答案，所以我再次遮住了头，为自己的小屋冲了一下力。在里面，我擦掉了粘住的苍蝇，然后踩在它们身上。我说："医生对我们没有任何帮助。" 然后我看到了他。

起诉书 挣扎着让乔站起来。他的手臂松散地悬在她的肩膀上，有一秒钟我无法确定他是否生病或在起诉时通过。

我用一条肩膀把他从她身上拉下来。他转过身，倒在我的怀里。在金色的头发透明的雾霾下，几乎没有昆虫叮咬，但他却讨厌塔拉。

"你喝醉了。"我对他大喊。"您在这样的时刻提供了很多帮助！"

"塔拉，"他松开嘴唇说。"很多塔拉。"

"你有很多塔拉，好吧！" 我说恶心。

起诉说："山姆，我们必须让他呆在这里。苍蝇会在外面吞噬他。" 她走到窗前，从屏幕外敲打苍蝇。然后她尖叫。我以为她刚刚发现了很多当地人，但她一直尖叫直到我去找她看。

在午后的阳光下，模糊的棕褐色小动物从森林中蹒跚地走来，躲入了900或更多躺在荒地中的当地人。咕！几十个。

我忘记了我尖叫的妻子，哭泣的婴儿，醉酒的妻子窃取者倒在地板上。我忘记了自己的痛苦。我只记得从挂在门上的皮套上抢走我的手枪，然后突然跳出并拉动扳机，直到不再有火冒出来。然后我用树枝踢着踢，每一次打击都把一个恶毒的小食尸鬼砸进了草丛。我以为我看到本森开枪了,但是我在确定之前就昏了过去。

苍蝇仍在我耳边回响,我恢复了意识。苏打了个电话给我起名字,然后狠狠地拍了拍我的脸。乔试图让我站起来,但我记得的最后一件事是我们俩都倒在地上。

几天后,我以炽热的发热和醉酒的漂浮感醒来。当乔看到我在搅拌时,乔给我带来了果实。我一口喝了稀薄的浓汁,然后再次沉入深沉的睡眠。

我的下一杯酒来自一个漂亮的小女性本地人的细长手指。这次是水,我保持清醒。乔进来了,看见我醒了,几分钟后便和本森和博士回来了。贝利。

他们俩看上去都很糟糕,尤其是本森。贝利说:"放轻松。在诊所提起诉讼。她和婴儿都还好,但是你该死的没做到。"

本森说:"你能说话吗?"

我清了清嗓子,决定可以。他挥舞着乔和那位女性。然后他和贝利坐在我旁边。我问:"有人员伤亡吗?"

"我们有两个婴儿和三个三十六个本地婴儿。一些黑猩猩是天黑以后进来的。"

听起来很奇怪，本森将自己的伤亡人数列在了我们自己的名单上。

对库迪攻击的记忆使我感到一阵恶心。我说："本森，对不起，但是我已经完全想谋杀乔的比赛了。我不想再参加了。"

本森的脸很苗条，被吸引，他凝视着地板。他说："如果我们还没有谋杀这件事，那么我将不再有任何尝试。"他用手遮住了脸。"贝利。告诉他贝利。"

医生的声音沙哑而微弱。"如果不是因为土著人，我们所有人都会死。苍蝇的毒液在蜂群袭击我们的第二天就使所有人瘫痪。第二天早晨苍蝇消失了，但殖民地的每个灵魂都死了。乔和他的朋友们照顾着我们，把塔拉倒在我们的喉咙里，然后喂饱了我们。"

我说："但是他们很。"

"他们唯一的防蝇手段。小小的黑魔鬼使土著人很好地呆了下来，看来塔拉很负责任。可能是这些东西也能中和毒素。他们必须倒掉一加仑的毒素。从我床边空荡荡的皮肤来看，无论如何，它们使我们一直活着，直到我们站起来养活自己。"

"为什么他们喝塔拉酒时进入清理区？" 我问。

百利说："乔告诉我们，当他看到起诉杀死攻击你的库迪时，他想到自己应该对他们做些事情。通过他的努力，当地人不再把小魔鬼当作不可避免的恶魔。他们到现在发现的任何地方都杀死他们，当他们不得不喝醉才能摆脱苍蝇时，乔通过了这个词让他们去打扫，古迪通常避开阳光，但是已经是下午了。他们还是来了。"

"菲尔，"我说，"我看见你和我一起杀了那些小混蛋吗？"

他默默地点点头。

"那时候您改变了对当地人的想法？"

"我-我想是的。山姆，请不要揉搓。想到我到底有多严重，很难忍受。我现在所能做的就是祈祷，我们第一次尝试失败的一切都再次失败了。乔的人民使得人类看起来非常凄惨。他们拥有自己星球的一切权利，如果我们愚蠢到可以本土化的话，那么，至少我们拥有更强的生存本能。"

那时，苏珊带着理查德进来。他有打。起诉亲了我。"理查德只是从诊所里取出了定量的塔拉。他仍然发烧。但是要感谢乔和和谐-"

"和谐？那是谁？"

"帮助乔为我们提供护理的本地女孩。她的名字真的是------或类似的名字。尽管如此，她还是很和谐。"

她做到了。小金女孩听到了她的名字，一只手就穿过门拖着乔。

我说："乔，你最喜欢的人之一？"

他用爱抚的四指手捂住她的肩膀。"我喜欢她，"他承认。"她想叫我丈夫，就像起诉书打给你一样。"

贝利笑了。"看来土著人之间正在流行一种新事物。据我所知，一夫一妻制之类的东西。"

我说："乔，您如何看待这个主意？"

他考虑了。"我还没有决定。"

起诉向他施压，"乔，为什么不嫁给和谐人？"

乔以他经常做出奇怪的启示的直率方式脱口而出，"因为我对所有女性都有很高的要求。这很令人愉快。"

贝利的眼睛睁大了。他命令说，"弯腰，乔。"

乔不得不这样做，所以我们都可以检查他的背。他的肩骨上应该有两个棕色的污渍，但是贝利并不满意。他用一根手指刺入其中，检查了头发下面的皮肤。"芒果摊！" 他宣布。"沾到皮肤上干净。乔，你做到了吗？"

"是。"

"为什么？"

"我知道，如果我没有污渍，你会强迫我和其他人一起上船。"

本森抬头，震惊。"那么，你-你知道我们要做什么吗？"

"是的。有一天，你和牧羊人在小屋外面谈论它。你以为我睡着了。你的某些话使我感到困惑，所以我离开了船。然后我明白了它们的意思。"

"但是您帮助我们让其他人上船了！"

"那是您想要的，" 乔简单地说。"后来，当我们向南走去时，雌性动物看到只有乔的最爱继续生婴儿。所以乔变得非常受欢迎。"

我说："你是说他们知道了吗？"

乔笑了。"你以为我们不知道吗？"他停下来在他惊人的人类成语存储库中挖泥，"-生活的事实？"

贝利摇了摇头。"什么男人！什么种族！想想如果拥有人类的生存本能，那将会是什么！"

我和大拇指。

www.ingramcontent.com/pod-product-compliance
Lightning Source LLC
LaVergne TN
LVHW021738060526
838200LV00052B/3351